# Praia provisória

Adriano Espínola

# Praia provisória

*Copyright* © 2006 Adriano Espínola

Direitos de edição da obra em língua portuguesa no Brasil adquiridos pela TOPBOOKS EDITORA. Todos os direitos reservados. Nenhuma parte desta obra pode ser apropriada e estocada em sistema de banco de dados ou processo similar, em qualquer forma ou meio, seja eletrônico, de fotocópia, gravação etc., sem a permissão do detentor do copyright.

*Editor*
José Mario Pereira

*Editora-assistente*
Christine Ajuz

*Revisão*
O autor

*Capa*
Miriam Lerner

*Diagramação*
Arte das Letras

TODOS OS DIREITOS RESERVADOS POR
Topbooks Editora e Distribuidora de livros Ltda.
Rua Visconde de Inhaúma, 58 / gr. 203 – centro
Rio de Janeiro – 20091-000
Telefax: (21) 2233-8718 e 2283-1039
E-mail: topbooks@topbooks.com.br

*Visite o site da editora para mais informações*
www.topbooks.com.br

# SUMÁRIO

## I – MARAMAR

Verão ................................................................. 15
Maramar ........................................................... 16
Branca ............................................................... 17
Negra ................................................................. 18
Um ..................................................................... 19
C(antiga ............................................................ 20
O prego ............................................................. 21
O dedão ............................................................ 22
Meio-dia ........................................................... 23
Cais .................................................................... 24
Sede ................................................................... 25

## II – O SOL DESNUDO

Fera .................................................................... 29
Café .................................................................... 31
A manhã ........................................................... 32
Toada ................................................................. 33
Culinária ........................................................... 34
A cebola ............................................................ 35

Lixeira ..................................................... 36
O grão ..................................................... 37
A grama ................................................... 38
A formiga ................................................. 40
Outono .................................................... 41
Cântaro ................................................... 42
Pássaro ................................................... 43
Pássara ................................................... 44
Paloma .................................................... 45

## III – OS HÓSPEDES

Orfeu ...................................................... 49
Édipo ...................................................... 50
Anfion ..................................................... 51
Sísifo ...................................................... 52
Narciso .................................................... 53
Quíron .................................................... 54
Ulisses .................................................... 55
Heráclito ................................................. 56
Ovídio ..................................................... 57
São Jerônimo ............................................ 58
Dante ..................................................... 59
Luís ....................................................... 60
Shakespeare ............................................. 61
Vieira ..................................................... 62
Sousândrade ............................................. 63
Euclides .................................................. 64
Borges .................................................... 69
A um poeta menor ..................................... 70

## IV – OS NAVEGANTES VELOZES

*Infância* .................................................................................. 73
*Mãe* ....................................................................................... 74
*Chove* .................................................................................... 75
*Os mortos* ............................................................................. 76
*O agora* ................................................................................. 77
*Pacto* ..................................................................................... 78
*Igreja de São Francisco de Assis...* ..................................... 79
*O rosto* .................................................................................. 80
*The waste day* ...................................................................... 81
*Travessia* ............................................................................... 82
*Chope* .................................................................................... 83
*A serpente* ............................................................................ 84
*Enlace* ................................................................................... 85
*Insônia* .................................................................................. 86

## V – ARMADILHA PARA ORFEU

*O poeta apresenta as suas habilidades* ............................. 89
*O poeta abre a tenda na praça* ......................................... 100
*O poeta relê o velho manual de instruções* ..................... 101
*Exercícios para o primeiro dia de criação* ....................... 102
*O trabalhador assíduo* ....................................................... 104
*O trabalhador atento* ......................................................... 105
*O trabalhador integral* ....................................................... 106
*O trabalhador furtivo* ......................................................... 107
*Sentindo no corpo fraturas, torções e deslocamentos vários...* ...... 108
*Como um ladrão* ................................................................. 109
*O poeta chega aos 50* ......................................................... 110
*O morcego e o cão* .............................................................. 114

*Para Paloma e Adriano Filho,*
*meus pais nascidos depois de mim.*

# I

## MARAMAR

> *amar o que o mar traz à praia*
> Drummond. *Amar.*

## VERÃO

O sol é grande e breve.
A praia e as aves, livres.
A tua carne, alegre.

Sim, sobre ela eu lerei todos os livros.

## MARAMAR

Se tu queres amar,
procura logo o mar.

Ali enlaça o corpo
salgado noutro corpo.

No azul esquecimento
das águas, vai sedento

beber a luz da carne,
o gozo a pino e a tarde.

Tenta imitar a teia
das ondas e marés.

Dança na branca areia.
Outro será quem és.

## BRANCA

Teu corpo nu,
teus gestos nus,

tua entrega,
trégua noturna:

brancura
de lua cheia

à beira-mar:
agulha picando

(súbito lembrar,
branco, do teu

corpo no meu)
direto na veia.

## NEGRA

Negra e nua, ela me mostra
radiante a mancha na coxa,
mordida de madrugada:
roxa galáxia viajando
pela lisa pele escura
e torneada do universo.

(Mancha que fiz, escritura
do meu corpo noutro corpo,
rastro de obscura língua
que logo lambe os sentidos,
sob o céu sombrio do sexo,
clarão da carne na noite.)

Amar, desamar, luminosa
mágoa, feroz constelação.

## UM

à noite ó minha amada ó nix — eu sou-te

# C(ANTIGA

*Quer'eu en maneyra prouençal*
D. Dinis

Ay mia senhor de corpo velido
que renace en aqueste trobar
antigo!

Ay mia senhor de corpo velido!
Gran coyta ey per cativo sonnar
com tigo.

Ay mia senhor de corpo velido
que ora ven en hũa onda do Ar
poador!

Ay mia senhor de corpo velido
que já vay en este falso cantar
d'amor!

## O PREGO

o que mais dói
não é o retrato
na parede

mas o prego ali
cravado
persistente

no centro da
mancha
do quadro au-
sente

## O DEDÃO

*Depois de Marin Sorescu*

Meu coração
(unha de

carne encra
vada

na alma)
como dói

quando toca
o chão!

## MEIO-DIA

estaca fincada
no chão batido

do coração:ne
nhuma sombra

de ti: só o sol
sol sol em si:

solidão a pino
com seu ponti

agudo *não* ris
cando o chão:

hora de partir

## CAIS

*Ó nau, de novo, ao largo mar te levam/ as ondas!*
HORÁCIO

à
beira
do
velho
cais

ondas
novas
levam
ao
vento

o teu
barco
e este
mo
mento

para
o mar
do
nunc
a
mais

## SEDE

Feito um cego ao sol e em silêncio,
bebo entre as mãos a tua ausência.

## II

## O SOL DESNUDO

*le soulèvement blanc de l'aube*
JACQUES ROUBAUD. *Chant de l'aube.*

## FERA

*A Salgado Maranhão*

Feito um cão solto,
súbito o sol
salta janela
adentro do quarto.

Inquieto, morde
os punhos da rede,
derruba a sombra
vã do retrato,

lambe o pé sujo
lá da parede,
fuça a amarela
mancha do espelho,

late: luz! luz! —
depois se enfia,
fiel, no velho
par de chinela.

(Como a cidade
lá fora, fera,
na alva coleira
do novo dia.)

## CAFÉ

A água nova do dia,
o pão, a fruta, a névoa
do café,

o cheiro, o gosto,
o tato ali desperto
e posto,

ferindo o corpo,
que, leve, aflora
na cozinha,

enquanto lá fora
o velho sol a tudo
sacia

de luz — aurora —
e pelas ruas caminha,
desnudo.

## A MANHÃ

der
raman
do-
se

fume
gante
pela
ci

dade:
bebê-
la

antes
que
tarde

## TOADA

Tomar o último
gole de café
antes que amanheça.

(Tomar o último
gole de amor
antes que entardeça.

Tomar o último
gole de vida
antes que anoiteça.)

## CULINÁRIA

*Para Moema*

Fazer a própria comida:
o amor integral,

o pão, a lentilha,
o poema grelhado,

o sal na medida:
cozinhar lentamente

essa fome indefinida.

## A CEBOLA


Cortá-la camada
por camada
até chegar

ao centro.

(Ao bulbo do nada
do eu mais
dentro.)

Não chorar.

## LIXEIRA

a casca de ovo
& de banana
a folha de jor
nal da semana
p'daços de cou
ve & de tomate
a história que
não não houve
o gesto q ficou
pela met ade:
tudo isso úmido
tudo isso ido
doídoamassado
dentrode mim e
do saco de lixo

## O GRÃO


proteu or-
feu teseu
prometeu:
tantos z'eus

nenhum *nós:*
tudo limpo
na cozinha
lá do olimpo

menos o grão
desta outra voz
que salta rouca

(suja de tempo
suja de chão)
do céu da boca

A GRAMA

Na calçada
passageira

— por entre pedras
&  passos,

rachaduras
&  cimento —

 irrompe
de repente

denso,
descabelado,

um tufo de ais
à beira

do pensamento:
verde

fratura
renitente.

Vede. Vede.

## A FORMIGA

se a
olho
de
novo

uma
biga
pas
sa

(ou
já
pas

sou?)
ant
iga

## OUTONO

As nervuras expostas,
as manchas pelo corpo,

a magreza, o abandono,
a pele amarelada,

o silêncio sem dono
daquela velha folha —

tombando na calçada.

# CÂNTARO

Palavra-
pássaro

que claro
canta

o frescor
da água

no barro
da garganta.

## PÁSSARO

Palavra-cântaro
que pousa
e canta

(em sol, em si,
em lá, em paz)

a água branca
da manhã:

plumas de orvalho
no galho
das vogais.

## PÁSSARA

Palavra-canto
que pousa
ao lado

— no mesmo galho
aberto das vogais —
e lança

(em oclusivas,
fricativas
e vibrantes)

a água da manhã
pelos beirais,
jorrando

das consoantes.

## PALOMA

Pássaro que canta
a água da manhã,

em sol, em si, em paz,
como se um cântaro

de luz ressoasse as
consoantes e vogais

da língua do sonho,
solta na garganta.

# III

## OS HÓSPEDES

*As presenças destilam. Chamam de onde?*
JORGE DE LIMA. *Invenção de Orfeu.* Canto I, IX.

## ORFEU

dilacerado
(pelas trácias
do tempo)
o arco arcaico do meu peito

no entanto
se retesa
e soa

outra vez
(noutra voz)
vário

no leito
do canto
que não cessa
visionário

## ÉDIPO

*A Ricardo Vieira Lima*

Sugar o sentido e a
beleza má do poema.

(A falta que me chama,
a festa pervertida.)

Lamber-lhe os sons e os seios
nesta sede de vida.

(Branco tesão da fala,
que, vertical, se entranha

no próprio corpo ardente
da língua-mãe estranha.)

## ANFION

### 1

Fazer
da carência
    o dia;

tornar
a ausência

a mais pura
   poesia.

### 2

Com ela,
erguer Tebas

(alva cidade,
solidão)

— puro deserto
desperto

na palma
da mão.

## SÍSIFO

Uma palavra me falta ainda,
para arrastar poema acima.

## NARCISO

quem sou
ele?

quem és
eu?

pergunto
diante

(ou
através?)

daquele
nós

em uma só
voz

dissonante

## QUÍRON

Metade de mim
é o que não foi;

a outra metade,
o que poderia

ter sido. Entre as duas,
sou, sendo (suponho)

aquilo que so(u)
brou, ferido: o sonho

do dia presente,
feito luz e sombra

e carne e agonia:
inteiro, no poente.

## ULISSES

A minha pátria é o agora.
A ela retorno como outrora.

# HERÁCLITO

Despir-se de todas as roupas
e mergulhar  no rio,
o mesmo rio.

Despir-se de todas as roupas
e mergulhar em si, o
outro rio.

Depois, tornar esse outro rio
um fogo eterno e vivo,
que é hoje.

Tornar-se hoje e do mundo fogo,
que um no outro logo
fulge e foge.

# OVÍDIO

*A José Airton Paiva*

Exilado no ponto
mais extremo da língua,

nessa terra bisonha,
ao negro mar contígua

(longe, as noites de Roma,
artes e amores idos)

ela, a palavra, encontro,
ao cabo dos meus dias.

Palavra que me sonha,
me descobre e redime

em um só horizonte
de silêncio e poesia,

que ora repito, insone:
*tristia tristia tristia.*

## SÃO JERÔNIMO

*A Júlio Bressane*

1

A minha tormenta
carrego comigo:

é dentro de mim
que mora o perigo.

2

Com pedras e socos,
a chama que cresce

combato no corpo.
Solidão e ascese.

3

Então me traduzo,
ferido de nomes

e de Deus. No Livro,
sou todos os homens.

# DANTE

Exilado em mim mesmo e do país,
sonhei a fera e Virgílio companheiro.
No céu, de mim ausente, a Beatriz.

Depois, no inferno pus o mundo inteiro.

# LUÍS

*A Catarina de Ataíde*

Senhora, que os meus lábios têm tocado
    De Amor, que na distância mais se apura,
    Quisera me hospedar em tal ventura
    & contente partir no doce Fado.

Porém, hũa mágoa antiga hei exprimentado,
    Quando o meu pensamento vos procura:
    Quanto mais vos desejo, mais agrura
    Sinto bater no peito inconsolado.

Este Amor que vos guardo, assim distante,
    Quer buscar no passado o seu futuro
    & fazer do presente a eternidade.

Mas de tanto sonhar a cada instante
    Com vossa fermosura & Amor tão puro,
    Vou vivendo & morrendo de saudade.

## SHAKESPEARE

*To Charles Perrone*

    Tell me
        milady:

    who's sha
        king

    over there
    upon the stage

    (on the floor
        over me):

    king lear's
        age

    or
    the power of

    lear / real
        ity?

## VIEIRA

> *Como hão de ser as palavras?*
> *Como as estrelas.*
>                     Antônio Vieira

Quem se move de prima?
O   chão sob   os   meus
         pés

ou   as   estrelas   acima?

O   homo,   tu quis es,
qui   respondeas   Deus?

# SOUSÂNDRADE

yea!
na
lín
gua

por
tu
guesa
a

por
tou
er

rante
um
guesa

## EUCLIDES

*A José Mario Pereira*

1

Sob uma frágil cabana,
o engenheiro pensa e sonha

uma ponte firme ao lado
e uma dura guerra ao longe.

Os números o fatigam
ao projetar essa ponte:

fórmulas e 'vigas tensas
de ferro e planos se alongam,

unindo em duplo arco as margens
de um rio selvagem e insone,

que, geômetra visionário,
calcula, transpõe e doma.

## 2

Nos seus raros intervalos
de folga, entretanto, tece

— inteiriças, altas e abruptas —
palavras, que, juntas, descem

feito escarpas, chapadões,
imitando a própria terra,

em contrastes e confrontos
de matas com os desertos,

de montanhas com planaltos,
de floradas com o agreste.

Entre a cidade e os sertões,
ergue outra ponte com elas.

## 3

E o que enxerga do alto do arco
esse poeta e engenheiro?

Mais ao norte, o homem e a terra
num enlace agreste e inteiro.

Embriagado de fome e fé,
vê Antônio Conselheiro,

ele e os mal-aventurados,
jagunços e companheiros,

erguendo a igreja e o arraial
de Belo Monte aos romeiros.

Ali, uma Tróia de taipa
avista por derradeiro.

(Ao vê-la, traça outra ponte
no tempo, tempo-guerreiro.)

4

Súbito, assiste à luta e à resistência
heróica dos jagunços do local.

Desce agora da ponte; ágil repórter,
estenografa a oscilação do real:

o cerco dos soldados, os assaltos,
batalhas, tiros, mortes por igual.

Registra o imprevisível entre fardas
ferozes e fanáticos do arraial.

Guerra social, neurose coletiva?
Canudos não se rende; cai total.

Volta Euclides à ponte da memória.
Com a fragilidade vertical

das palavras humanas, denuncia:
foi um crime e loucura nacional.

## 5

Ao dizer isso, pára.
Espanta-se, ferido,

ao ver a própria cara
nas águas refletida

do rio Vaza-Barris,
que margeia o arraial

e corre na divisa
do futuro e o passado.

Nele, profeta, encara
a cena de outro crime.

Logo, repete Euclides
os gestos do beato.

Abre os braços, altivo.
Tomba também em casa.

6

Sob uma ponte mítica,
Canudos, porém, para

sempre se ergue, na clara
margem de um outro rio,

que o poeta antes armara
sobre o sertão sombrio.

## BORGES

Toda palavra
é um rio
distante,
que desem-

boca
neste instante
na minha
voz.

Com os seus espelhos
de água sonora
e murmurante
labirinto,

flui incessante
em Corinto
e dentro de nós,
agora.

## A UM POETA MENOR

Noites e noites recompondo o verso
que lhe coube e revele a antiga face
e a dos outros, num só perfil severo.
(Um deus, porém, negou-lhe em desafio
a vertigem sonora desse enlace.)

Teima em saber quem é, neste universo
de luz e sombra. O verso fosco e frio
retoma, na ilusão de que o dia passe,
desfeito em rubra mágoa e som diverso,
na oscilante memória do sol-posto.

Nesse verso, procuro ainda o meu rosto.

# IV

## OS NAVEGANTES VELOZES

> *A questa tanto piccola vigilia*
> *de' nostri sensi (...)*
> Dante (Fala de Ulisses). *Inferno.* Canto 26.

## INFÂNCIA

A primeira palavra, o fogo, a água
no jardim, bananeiras, a tábua

sobre o tanque, o tombo, a terra, o medo
de ladrão, o quintal, o brinquedo,

o menino, a memória, a manhã e
o mar, o vento, a voz, voz da mãe

— luz lavrada por fora e por dentro.
Minha falta. Teu rosto no centro.

## MÃE

De terra a tua voz,
de terra os teus gestos,

de terra a tua bênção,
de terra a tua mágoa,

de terra os teus restos,
agora enraizados:

árvore crescendo
às avessas — lá onde

tudo começa e finda:
no silêncio do sangue

que me dói ainda.

## CHOVE

Chove. As mesmas chuvas
do instante caem adiante
aos pés de outras uvas.
O agora chega molhado.
As passas vêm do passado.

## OS MORTOS

À noite, os mortos são navegantes velozes.
Vão ao vento, no mar singrando as próprias vozes.

## O AGORA

O agora avança ao sopro azul dos mortos.
(Vem do mar o devir dos dias remotos.)

## PACTO

*Depois de Thich Nhat Hanh*

Com as mãos, apalpa a terra.
Beija-a com os pés e passa.

Amorosa, ela te espera
há milênios. Breve, te abraça.

## IGREJA DE SÃO FRANCISCO DE ASSIS DA ORDEM TERCEIRA EM SALVADOR

Poucos são os fiéis,
muitos os ouropéis.

## O ROSTO

tudo o que vejo
silencio:

o sol no alto
a estrada
o vazio

e o teu rosto
imitando um
rio

## THE WASTE DAY

amor perdido
poço sem fundo
caixa de e-mail
vazia
a voz que não veio
o gesto sem sentido
a dor do mundo
pelo meio:
tudo embolado
ao lado:
só restou mesmo
a poesia
pra juntar os cacos
cactos
do dia
numa só algaravia
numa só algara
via

## TRAVESSIA

no
meio
do
ca
minho

as
pedr
as
pedr
as

mui
to
mais
pe
sad

as
perd
as
perd
as

## CHOPE

*Sapias, uina liques.*
HORÁCIO

O ouro da tarde
cai

sobre o copo de
chope:

espuma e fres-
cor

rolando no solo
seco

da garganta.

Eu bebo a vida
só

como quem de-
canta.

## A SERPENTE

A tarde cai sobre os meus ombros como
uma fruta madura despencada.
Aves bicam a casca desse pomo,
a luz acidamente derramada,

rolando e se fazendo um rubro gomo
de instantes que se vão, sabendo a nada.
Ó poente gustativo, luz que tomo
pelos lábios, mordendo o grão de cada

sombra do anoitecer, árvore impura,
com seu tronco de seiva e sortilégio,
crescendo no clarão da selva escura

do tempo — essa serpente de olho etéreo
se enroscando na tarde que inaugura
essa fruta, essa queda e esse mistério.

## ENLACE

Quem na minha cama
me abraça e me leva

pela madrugada?
O vento que passa

ou o braço de um rio
secreto onde tudo

flui e nada no leito
lasso do momento?

Fecho os olhos e
singro e sinto: sou

eu mesmo que abraço
esse abismo dentro.

## INSÔNIA

Virá. Terrível e branca.
Não importa o que eu faça.

Toda esperança é vã.
Implacável, sob a porta

e entre as frestas da janela,
ela — a luz da manhã.

# V

## ARMADILHA PARA ORFEU

*The raw material of poetry in all its rawness.*
MARIANNE MOORE. *Poetry.*

## O POETA APRESENTA AS SUAS HABILIDADES EM BUSCA DE EMPREGO, DIZENDO-SE ESPECIALISTA EM ARMADILHAS PARA APANHAR O TEMPO

1

Do fim ao início,
eis meu ofício:

sou bucaneiro
(bardo ligeiro).

Trafico sons,
pilho sentidos,

finjo de bons
os teus ouvidos.

Chega o infinito,
eu dou um laço,

mas o teu grito
apanho e passo.

Tudo o que imito,
presto disfarço:

resto de mito,
rosto sem traço,

manhã de abril,
sol no terraço,

rosa febril
no tempespaço,

o mar bravio,
verde compasso,

o céu no cio,
rubro pedaço.

Eis os meus bens
que ora exponho:

versos-teréns,
sobras de sonho,

sonoras lampas,
luzindo em *aço*,

tropos & trampas
que aqui repasso.

2

Especialista
em falsa pista,

seguro as pontas
das coisas tontas,

fecho o negócio
de ser meu sócio,

mestre & peão
da solidão.

Pego a viola,
jogo marola,

faço e aconteço,
neste meu verso,

que é todo avesso,
sem ter começo,

tampouco fim,
feito arlequim,

querendo tudo,
pedra e veludo,

sabendo a nada,
só caçoada.

3

Por entre trecos,
ruas & becos,

logo me invento
cada momento.

Sei que inexisto,
mas não desisto

de ser ninguém,
como convém.

Sob as marquises,
me torno ulisses,

astuto e velho
como um espelho.

Sem ter um mar
pra navegar,

singro a avenida
da curta vida

e muito amar,
sem mesmo olhar

para trás, feito
orfeu desfeito

no canto eterno
daquele inferno.

4

Assino embaixo,
driblo e despacho

esta figura
que me esconjura

e me processa
por essa, essa

(como diria?)
pensa poesia,

por perda & dano:
pobre adriano,

pobre adriano:
este outro em mim,

velho magano,
de alça e flautim

(se não me engano,
 tupiniquim,

pirata urbano
com seu butim,

poeta insano
de voz chinfrim,

mano cigano,
prosando assim:

*tudo o que fiz
foi por um triz,*

*fora do prazo
ou por acaso).*

## 5

Quero o emprego
para o meu ego

impertinente,
que mexe e sente

o que carrego
ou mesmo nego

e invento em mim:
metade sim,

metade não,
na contra-mão.

Por isso, passo
fora do traço.

Combato e sigo
meu inimigo.

(De tão antigo,
levo comigo.)

Salto e tropeço,
trapaço e peço,

mudo o cenário,
que é um e vário,

da língua-rio,
onde desfio

palavras loucas,
todas barrocas,

entre tramóias,
perdidas bóias

do meu sonhar,
indo pro mar.

Com elas quero,
pra ser sincero,

só trabalhar
à beira-amar;

fazer da aurora
um sempre agora

de carne e sonho,
tal qual suponho

tu rompetias,
todos os dias,

ó minha amada,
de madrugada.

6

Chega de lero,
pois eu só quero

o que não tenho:
aí me empenho,

aí emprego
todo o meu ego.

Dou como exemplo:
caçar o tempo.

Vou ao futuro
vê-lo mais puro;

volto ao passado,
vejo-o enrolado

com o presente,
mordendo a gente:

esquiva cobra
que se desdobra

em formas mil:
trama sutil,

corpo coral,
liso animal,

que logo enlaça
o dia que passa,

ferindo pleno
com seu veneno

as coisas vivas,
do sol cativas

(ou que às escuras
pulsam mais puras).

## 7

Espero o bicho.
Tramo e capricho

a voz do verso,
uno e diverso,

para pegá-lo
feito um cavalo,

ao vê-lo manso,
enquanto lanço

o canto certo,
assim por perto

(ou a melodia
que ouviu um dia

em longes eras,
entre outras feras.)

Preparo o laço
que eu mesmo faço.

Ajusto o nó
num fio só

do instante tenso,
cercando penso

a luz do agora,
já indo embora.

Armo a tocaia
para que caia

ali, onde, onde
branco se esconde:

(ó tempo meu,
cordas de orfeu,

tangendo triste
tudo o que existe!)

dentro de mim,
do início ao fim.

## O POETA ABRE A TENDA NA PRAÇA E CONSIDERA ALI POR PERTO O SEU MATERIAL DE TRABALHO, DISPONDO-O DE FORMA VARIADA PARA ATRAIR OS PASSANTES

a pintura do presente
em        frente

             a música do passado
             ao        lado

o filme do instante
a        diante

             o verso do futuro
             no        muro

a pintura em frente
do        passado

             a música ao lado
             do        instante

o    filme    adiante
do        futuro

             o verso no muro
             do        presente

etc.

## O POETA RELÊ O VELHO MANUAL DE INSTRUÇÕES

1

Diante do branco, sangro:
aurora de papel que singro.
A palavra, angra.

2

O poema: lambida
da língua na fala ferida.

3

Triste, sim, de tão alegre:
a beleza que fica é breve.

## EXERCÍCIOS PARA O PRIMEIRO DIA DE CRIAÇÃO

*A Antônio Carlos Secchin*

1

Procurar a palavra perdida
talvez seja o ponto de partida.

2

Acender outra vez os sentidos.
Cavar no amanhã os tempos idos.

3

Fixar o acaso, os sonhos e os sinais.
Na rua, a metafísica dos jornais.

4

Trazer na pele a sede dos punhais.
No bolso esquerdo, a dor dos ancestrais.

5

(Na memória da noite, a elipse do dia.
Nas dobras do deserto, a súbita alegria.)

6

Nunca alisar, meu velho, a poesia.
Jogá-la ao tempo e aos cães essa cria.

## O TRABALHADOR ASSÍDUO

Todos os dias,
trabalho ferozmente.

Na rua, em casa,
no poema e cercanias.

As mãos sujas de pó
de giz e de gente

— risco que traço
no quadro em frente,

negro. — Sem que eu
esteja ali presente.

## O TRABALHADOR ATENTO

Todos os dias,
batalho silenciosamente.

Ao respirar, busco ser o vento;
ao caminhar, sou o caminho;
ao sonhar, engendro o sonho do sonho,
delirante e consciente;
ao pensar, penso o pensamento
e devagar o componho.
Ao realizá-lo, sou a realidade,
simplesmente.

Não há outra verdade
senão a que invento.

## O TRABALHADOR INTEGRAL

Sou todo ali:
a outra coisa e a coisa-em-si,
neste agora múltiplo e uno,
luz concentrada
entre o mito e o minuto,
o cálculo e a loucura,
a flor e o fruto,
juntos:
amorosamente.

Aqui,
no presente.
Mais nada.

## O TRABALHADOR FURTIVO

Sou de repente o que não sou,
mas o que em mim está sendo
e se espanta:

pássaro, palavra,
pedra,
planta.

(Ou mesmo você,
meu ardiloso poeta,
que me lê
ou escuta
em falso registro.

E canta
e pensa
e brinca
e sonha
e luta:
crente que existo.)

## SENTINDO NO CORPO FRATURAS, TORÇÕES E DESLOCAMENTOS VÁRIOS, DE TANTO LUTAR COM AS PALAVRAS, O POETA RECORRE À AUTOMEDICAÇÃO

*A Antônio Torres*

Tudo arde: arde e se p/arte
sob o sol da sintaxe.

Tudo passa; passe sal
sobre a fala ferida

e tome um *táxi* à *beira-
sol*, 3 vezes ao dia.

Não há outra saída
para o mal da poesia.

Quanto mais torta, meu
velho, mais dói a vida.

## COMO UM LADRÃO

No esplendor da manhã, furtar uma elegia.
(A voz das coisas, numa concha ainda vazia.)

## O POETA CHEGA AOS 50

Como quem não quer nada,
dobro de repente a esquina
inclinada
dos 50.

(Festa de lobos, de loucos
anos passados em surdina.)

Alguém logo se aproxima
e no meu peito cola;
um outro de mim
se desprende
e cala.

Quem são, indago,
o corpo rente
ao branco muro em frente,
que me dividem assim
em dois,

entre o sonho do que fui
e a vigília imprevisível
do depois?

Agora, sei:
olá, sombras amigas,
vinde clarear as minhas têmporas
antigas
e os gestos e os sinais
que emito de passagem!

Exclamo, expectante,
sem mágoa nem nostalgia,
ao chegar a salvo dessa viagem
no tempo,
náufrago de amores e fracassos,
à beira do cais
dos meus próprios passos.

Quem, pergunto a elas,
me inventa,
a cada instante,
a cada dia,
ao dobrar a esquina
dos 50?

Uma sombra obstinada
súbito avança
e me ilumina.
E é Ninguém.
E é Ulisses com a espada.
Martim Soares Moreno e Araquém,
combatendo em uma praia
do passado,
mais além.

Lâminas, lendas e lutas
pretéritas
(que me pertencem também)
me atravessam,
junto a esse muro
rabiscado do presente,
memória do futuro.

E já sou eu agora,
que sou nada,
triste animal de tão contente,
tecedor da arte dos enganos
(que é a poesia, essa estranha arte
pródiga de espantos),
feito um cego
em uma calçada,
tocando à parte,
por onde passo
e para onde sempre vou.

E chego,
por descuido de algum
travesso arcano,
à esquina desses inesperados anos,
sendo o que sou:
um homem comum,
carne e terra girantes do acaso,
50 vezes em um.

# O MORCEGO E O CÃO

*A Sânzio de Azevedo*

1

Todos os dias,
a memória,
feito um morcego
medonho,
se pendura
de ponta-cabeça
no teto do quarto.

Ao entardecer,
logo se lança
em vôos incertos
(como se em sonho)
pelo quintal,
por entre ruínas e muros,
bicando fatos e frutos
passados,
maduros
talvez.

Pelas sombras,
segue saqueando sinais e segundos,
restos
de cenas e vozes,
coisas e gestos,
rostos e nomes,
que batem e voltam e soam
(e somem)
outra vez
outra vez
sob as asas velozes.

2

De manhã cedo,
salta do chão
o cão do esquecimento.

Logo empurra com o focinho
a luz do sol.
Com o seu branco latido,
repõe a cada momento
as coisas no lugar.

Fareja, vigilante,
o suor dos sentidos,
guiando em silêncio o que houve
no que há.

(E o que palpita de novo
no mais antigo.)

Lúcido da hora,
faz com que tudo em torno
brilhe inteiro
com a sua forma
e fome secreta
até o entardecer,
sem antes nem depois.

3

Nesta estranha casa,
habitada pelo morcego e o cão,
sou o poeta,
aquele que alimenta os dois,
soltos
na imaginação.

**markgraph**

Rua Aguiar Moreira, 386 - Bonsucesso
Tel.: (21) 3868-5802   Fax: (21) 2270-9656
e-mail: markgraph@domain.com.br
Rio de Janeiro - RJ